花开的声音

李务迅 著

群言出版社
QUNYAN PRESS
·北京·

图书在版编目（CIP）数据

花开的声音 / 李务迅著. -- 北京：群言出版社，2017.12
ISBN 978-7-5193-0359-4

Ⅰ. ①花… Ⅱ. ①李… Ⅲ. ①诗集－中国－当代 Ⅳ. ①I227

中国版本图书馆CIP数据核字(2017)第291162号

责任编辑：王　聪
封面设计：胡金霞

出版发行：群言出版社
地　　址：北京市东城区东厂胡同北巷1号（100006）
网　　址：www.qypublish.com（官网书城）
电子信箱：qunyancbs@126.com
联系电话：010-65267783　65263836
经　　销：全国新华书店

印　　刷：成都新千年印制有限公司
版　　次：2018年1月第1版　2018年1月第1次印刷
开　　本：880mm×1230mm　1/32
印　　张：6
字　　数：129千字
书　　号：ISBN 978-7-5193-0359-4
定　　价：35.00元

【版权所有，侵权必究】

如有印装质量问题，请与本社发行部联系调换，电话：010-65263836

美妙的声音(代序)

徐金丽

认识李务迅先生已是六年前的事了,那时他还是我家乡的县领导班子成员,再后来调到市里任局长、校长等领导职务。之前与他曾有一面之缘,但还没有更深的交往,只知道他是从事党务和政务工作的,公务繁重,还不知道他爱好诗歌并在百忙之中写诗。直到去年在公众微信平台中经常读到他的诗才知道他是一位很有才华和灵气的诗人。之前读他的诗都是零散的,这次他将整理好的诗集发来给我,终于读到了他这几年归集成册的诗集,基本了解了他的创作全貌。这本诗集共分六辑,收录一百六十多首诗,有现代诗、散文诗,也有短小精悍的短诗。静心阅读他的诗歌,让我在"花开的声音"中感受生命的姿彩和时光的美丽,读后有一种荡气回肠的感觉,心头萦绕着美妙的声音。

务迅先生是很用心写作的人,善于观察事物,能见微知著,很有洞察力和创作灵性,事物或情节在他颇具悟性的笔下轻易就成为精美的诗歌,在他的整部诗集中给我印象最深刻的有以下三点。

一、用心写作,在涌动的激情中充满着真情实感。务迅先生是一个富有文学激情的人,但他又是一个诚恳的人,内敛低调，善于独立思考，同时他谦逊好学，对人真诚，见同行诗友总是以老师相称。与他的为人处世一样，他写诗也是真诚的、用心的，内心也是很平静的。他内心干净、情感真实，因而在诗行奔放的激情中保持着诗歌的纯粹。他对事物的观察视角独特，具有敏锐的洞察力，善于在细微的事物或情境中捕捉到诗意，他的诗不浮躁，不哗众取宠，不居高临下，不矫揉造作，以他的诚心抵达诗歌的旨意，具有很强的感染力，因而他的诗总能打动读者、触动读者的内心。诗歌的真正意义是寻找精神的依归，让心得以安放，让灵魂得以栖息。如他写的《残荷》"把腰弓得再低一点/致敬陪伴一生的清水/没有掌声的谢幕/笑容依旧精致烂漫/舒展的每一道皱纹里/都镶满阳光/擦亮那些正伤着秋的/黯然失魂的眼眸"。从这些诗行中，我们可以看到他总是很平静地写作，诗人就像是写自己，以谦卑的态度写荷花的圣洁，同时又以悲悯之心对荷花的凋谢报以同情，每一行诗句都体现着真诚。在《母亲，请让我为您煮上一碗面》"赞歌四起　礼物拥堵在路上/沐浴　祷告/我操持有点陌生的厨房/舀一瓢　万年不绝的西江水/点燃　源自大西北地底的天然气/一瞬间　就达到比百度更高的沸点/放进锅里的面条　是我反复数过的/九百九十九/一根都不能少/每少一根就会缺了一种愿景"。这首诗他也很用情，用日常生活的细节表现诗人对祖国深沉的爱。务迅先生是真诚的，以谦卑和诚恳的态度进行诗歌创作，写祖国的诗却是借用日常生活现象，娓娓道来，诗出自然，发乎内心，以日常生活事务——煮面条作为切入点，看似平常事，却饱含浓郁的诗意，那种对祖国的爱更显真诚。每到七月，写七夕的诗就在网络上应接不暇，但他的《七夕》也是以一种平静的心，清净写作，富有激情的笔端流淌着真情，写得也别有一番滋味，诗不长，抄录如下："今夕何夕？ 银河群星毕至/见证一年一度的金风偶逢玉露/万鹊噤声 侧耳/生怕漏过一句半句 经年的相思//我单薄的爱的积蓄/换不来一张观礼的门票/只能在星湖边守株待兔/月色朦胧/在湖底不太真切的直播里/细细丈量牛郎织女脚底 茧的厚度"。在这本诗集中此类诗歌很多，他总能在不经意的叙述中让诗意抵达读者的内心深处。

　　二、准确把握角度，以独特的视角捕捉诗意。文学艺术总是来源于生活又高于生活，在生活的细节中发现诗意，挖掘诗歌深度，这是所有创作者的努力方向，正因为大家都是往这方向努力，就必须寻找突破口形成自己的特色。诗歌如何切入现实，在叙述日常经验和生活现象中找到诗意，而又不至于沦为零散的碎片化的模仿，在相同或相似的题材中，不与别人雷同，不能给读者有似曾相识的感觉，就必须具有视角的独特性，这样创作出来的诗歌才有新意，这需要诗人具有一定的功力，但是他做到了。当肇庆西江边的羚山森林公园正式对外开放后，引来了无数的文人墨客，也留下了不少诗文，他在《邂逅羚羊峡古栈道八章》中是以一种新的视角审视羚羊峡的古栈道和西江，他在第一节的《追赶西江》是这样写的："保持羚羊的姿势/穿行于如鲫的人流/同路的西江不舍昼夜/已落下我千百年的距离/我试图借助古旧的栈道/追回一段/湍急水流卷走的时光"，如果诗人缺乏主体意志，不明确诗歌所要表达的主旨，不从新的视角选择切入角度，也是对景物进行通俗写作，就不可能写出这样令人惊叹的诗行。著名诗人、诗评家西渡曾说过，"在理想的写作状态下，写作的意志应当确立写作的目标，而且要能完全驾驭写作的热情、语言才能和野性的想象,使它们自觉服从于这一目标的需要"。一个诗人的优势在于他的创作意志以及他对于自身的生存环境的洞察,但也同样需要选择不同的角度切入。在这里,诗人将登山行为与时光类比,面对西江对人生有着逝者如斯的内心喟叹,有着时不我待的感触,在古栈道的爬行中切入自身的生命体验,诗行就闪耀着穿透生命的亮光。在写《老井》时,他也不是仅仅局限于对老井的直白的直抒胸臆或物象描写,他大开大合,以丰富的想象从怀念老井给予童年与世无争的静好时光进行切入,"静好的时光 我甚至不渴望/面朝大海 春暖花开",然后牵引出为体现自身人生价值而走南闯北的奔走历程,在背井离乡之后通过诗歌方式表达对故乡的依恋,"在一个意外的梦里/我把家乡的老井连根拔起/行走天涯的步点/瞬间 轻如羽翼",在诗行中注入感恩的情怀,以诗性的感知方式去触摸家乡的冷暖。他写的很多诗歌都是从"小"处着眼,注重日常生活的细节和自然现象,语言叙述平静、内敛,视角独特,所以总能衍生出诗歌的新意。再看看他写的《雾》,"我也无须遮掩/和年少时一样的/面红耳赤//我愿意 从此不见云开月明"。在写"雾"的诗歌中大多是写雾的笼罩造成遮天蔽日的令人烦恼的一面,令人窒息的环境中看不到远方和未来,从这样一种角度来体现诗歌意志,诗歌就显得平庸和俗套了,而他则从另一个角度切入,在雾中渴望见到曾经的恋人或朋友,以雾作遮掩,不让对方看见自己的羞赧和经历沧桑的痕迹,也不想让对方为自己牵挂或怜悯,因而愿意在雾中重逢。诗歌的切入角度总是与诗人的视角敏锐性以及诗人对物和事的辨析能力分不开,更与诗人的诗性思维和题材把握能力有关。通过诗行的展开也透露出诗人在创作主体和创作客体交流过程中的姿态和视角。如《秋风吟》"破就破吧/杜少陵的那几间茅屋/心有广厦万千　何惧秋高怒号//散就散吧/乘楚歌正酣　优雅地舞《霸王别姬》/来年春更好　绕树再弄芳姿",读这首诗很自然会想到杜甫的《茅屋为秋风所破歌》,而他从另一个角度将诗意在情景结合中逐步推进,破也罢散也罢,不用悲叹"安得广厦千万间",只因"来年春更好",以更积极的心态呈现对美好生活的向往。这首诗的后面两节写到了"醉"和"爱","醉"既有对秋色的陶醉,也隐含着诗人对一种情愫迷醉于心,但"情若不冷　天涯还是咫尺";"爱"可能是诗人对秋天的热爱,以爱的方式表达诗人内心对秋收季节的喜悦之情。"爱就爱吧/稻穗逐浪　高粱热火朝天/低调的仓廪高调地开怀",从秋风对事物的"破"和"散"这一物象的自然力量逐步递进,进入诗人对秋天这个季节和景象的内在运化,表露出诗人对秋天的热爱,这就是诗人所关注的情绪表达,而不是故事情节的简单展开,通过诗歌的跳跃在留白或跳跃的地方展现了诗人更为宽广的精神空间。

三、创作手法多样,以生命的独特体验处理事物意象。务迅先生在他写具象的诗歌中能独辟蹊径,较为合理和技巧地处理具象的意涵。在这本诗集中他的诗歌题材广泛,风格清新,诗歌内容新颖独特,用语意涵深刻,创作手法也多样,这需要作者有较强的生活经验和生命体验,更要作者有较强的创作能力,包括创作手法、题材把握、意象运用、语言使用和语境处理等方法。诗集中有很多诗是写物的,现在流行的说法是一种物性写作,诗人对物象、物态的高度敏感和兴致,通过自观内心世界,反思生命体验,张扬主体意识,澄明人性本真,运用意象手法尝试着进行物质与精神同构的努力。他在《桃花的心事》一诗中就将诗人自身对桃花的情感体验表现得淋漓尽致。"凋零的刹那/我还是没忍住　热泪的盈眶/从梅花的落英缤纷里接棒春天/我已洞悉了花开花谢的宿命",他看到桃花的凋零,就将桃花赋予了生命短暂的意象。任何事物都有它的始终,从季节的时序更替规律来看,当桃花开始凋谢,冬天就将结束,马上进入万物复苏、万象更新的春天,盎然的春意就是希望和生机的象征。他在诗中将一场花事的终结借用使动用法用"荼蘼"来表述,诗人能从桃花的落英缤纷的细节中感知生命细节,用词新颖,很有新意。"真正触及我哀伤的是/再也等不来一个/比风还弱的倩影/在我零落成泥之前/用一柄憔悴的花锄/拢我成一曲《葬花吟》",作者对桃花的花开花谢所要表达的诗意就落在这里,以"憔悴的花锄"拢成"《葬花吟》",牵动读者的心弦,让读者心头顿生爱怜从而令诗意得到了升华。这首诗字词精炼,玲珑剔透,意象运用恰到好处,对桃花这一物象的情感表达恰到好处,整首诗蕴含着浓郁的诗意。在这本诗集写物性的诗不多,但每一首都能以自身独特的体验运用个性的创作手法找到新意。他对事物的观察细致入微,对物象的艺术处理深思熟虑,然后借物言志或借物言情,抒发自己的情感体验。

纵观整部诗集,务迅先生的创作是用心的,能带着平静的心以独特的视角进入诗歌,他除了写现代诗还写了不少散文诗,但他都有自己独特的生命体验,能用真情打动读者,以新意吸引读者;他的诗在字词使用和题材把握方面也较为精确,创作手法灵活多变,因而他的诗总体上都比较简练精悍、意境清新。务迅先生对诗歌是很有悟性的人,我相信他会在勤奋的创作过程中不断探索和完善。期待着务迅先生更好更多的作品面世。

2017年8月24日于端州

目录 CONTENTS

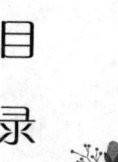

辑一 花开的声音

牡　丹 …………………………………… 002
桃花的心事 ……………………………… 003
家乡的金针花（黄花）…………………… 004
蒲公英 …………………………………… 005
吟　梅 …………………………………… 006
在册田　我中了一种山楂花的毒 ……… 007
桃花岛游记 ……………………………… 008
花开的声音 ……………………………… 009
残　荷 …………………………………… 010
麓山红叶 ………………………………… 011
茶 ………………………………………… 012
紫薇吟 …………………………………… 013
吟　雪 …………………………………… 014
有一种花 ………………………………… 015

向日葵 ································· 016
短　调 ································· 017

辑二　以诗的方式，在岁月的河里逆流

邂逅羚羊峡古栈道八章 ················· 020
有一种轻　叫重 ······················· 025
一座城邂逅一匹马（组诗） ············· 026
从梅溪湖的一个倒影感悟春天 ··········· 029
有一种爱，叫韦思浩 ··················· 031
当你老了 ····························· 033
南京！南京！ ························· 034
母亲，请让我为您煮上一碗面 ··········· 037
苏村，请站起来 ······················· 038
致敬长征八十周年 ····················· 039
在梦里　我也不敢喊你的名字 ··········· 040
我紧紧地抱住你 ······················· 041
遭遇一场百年的雪 ····················· 042
失去根　也就失去光明 ················· 044
朋友，别 ····························· 046
蓝印旗袍 ····························· 047
活　着 ······························· 048
在荷塘月色酒店寻诗喝酒 ··············· 050
致白仓的油茶林 ······················· 052
诗人白炳安素描 ······················· 053

神农的舌头 …………………………………… 055

高考之喊楼 …………………………………… 056

站在离春天不远的地方 ……………………… 057

速记中国女排夺冠 …………………………… 058

感悟金利龙舟大赛 …………………………… 059

重读雨巷 ……………………………………… 060

再读康桥 ……………………………………… 061

扎故事 ………………………………………… 062

辑三　夜半情话

清明组章之清明时节雨纷纷 ………………… 064

清明组章之路上行人欲断魂 ………………… 065

清明组章之借问酒家何处有 ………………… 066

清明组章之牧童遥指杏花村 ………………… 067

父亲的爱好 …………………………………… 068

和月色聊天 …………………………………… 069

老照片 ………………………………………… 070

聚　会 ………………………………………… 071

雾 ……………………………………………… 072

乡　音 ………………………………………… 073

渡　口 ………………………………………… 074

归 ……………………………………………… 075

如　果 ………………………………………… 076

静　夜 ………………………………………… 077

乡　愁	078
囚　徒	079
踏　青	080
教师节写给自己的歌	081
家乡的山泉	082
老　井	083
清明致父亲	085
故乡山间的茅草	086
以高铁的方式告别故乡	087
别雁城	088
老师的目光（一）	089
老师的目光（二）	090
母亲的手	091
远　山	092
今夜无眠	093
山　路	095
垂钓图	096
岁　月	097
半个苹果	098
情人节致远方	099
往　事	100
归　去	101
湿了一半的身体	102

辑四 行吟的四季

元　宵 ………………………………… 104
春　雨 ………………………………… 105
倒春寒 ………………………………… 106
惊　蛰 ………………………………… 107
春　分 ………………………………… 108
春　种 ………………………………… 109
小　满 ………………………………… 110
芒　种 ………………………………… 111
端午致屈原 …………………………… 112
夏　至 ………………………………… 114
小　暑 ………………………………… 115
大　暑 ………………………………… 116
初　夏 ………………………………… 117
七　夕 ………………………………… 118
立　秋 ………………………………… 119
中秋月 ………………………………… 120
秋　思 ………………………………… 121
处　暑 ………………………………… 122
秋　雨 ………………………………… 123
秋　水 ………………………………… 124
秋风吟 ………………………………… 125
秋　分 ………………………………… 126
寒　露 ………………………………… 127
霜　降 ………………………………… 128

立　冬	129
冬雨随想	130
大　雪	131
盼　雪	132
腊　月	133
正　月	134
大　寒	136
柿子红了	137

辑五　如歌的散板

绝望的情思	140
感悟陈惠芳老师的《不负春光》	144
荆州印象之关公	147
距　离	148
晨　风	149
走向自己	150
如果再给我一个那样的眼眸	151
还　爱	152
失落的黄昏	153

辑六　三言两行

| 新　年 | 156 |

冬　韵	156
岁　月	156
元旦（一）	157
元旦（二）	157
种子（一）	157
种子（二）	158
种子（三）	158
春雨（一）	158
春雨（二）	159
春雨（三）	159
春雨（四）	159
春　耕	160
燕　子	160
春笋（一）	161
春笋（二）	161
耕　耘	161
立　夏	162
方　言	162
长　征	162
韶　峰	163
中　秋	163
秋　收	163
暖　冬	164
清　明	164
父　亲	164
祖　国	165

版　画 …………………………………… 165
秋　分 …………………………………… 165
小　满 …………………………………… 166
洪　峰 …………………………………… 166
端　午 …………………………………… 166
感　恩 …………………………………… 167
河　流 …………………………………… 167
雪 ………………………………………… 168
风雨桥 …………………………………… 169
梯　田 …………………………………… 169
谷　雨 …………………………………… 169
中　秋 …………………………………… 170

后　记 …………………………………… 171

辑
一

花开的声音

花开的声音

牡 丹

春天是一部大戏　桃李弹冰破雪
吐蕾绽香　只不过是生动的序幕
你用力摁住怦然的心跳
蛰伏于四月的幕后
阳光微微发烫的信号一亮
自　邙山之巅轻舒云袖
展开一幅唐时就开始浓墨重彩的丹青
把神州大地铺得
雍容华贵　气定神闲

落幕时，每片叶子都是掌声

辑一　花开的声音

桃花的心事

凋零的刹那
我还是没忍住　热泪的盈眶
从梅花的落英缤纷里接棒春天
我已洞悉了花开花谢的宿命
东风暖或不暖　我自荼蘼枝头
那些艳羡的眼眸　只若云烟
我也不抱怨这一场春寒突如其来
迟或早　离别的笙箫总会清亮

真正触及我哀伤的是
再也等不来一个
比风还弱的倩影
在我零落成泥之前
用一柄憔悴的花锄
拢我成一曲　《葬花吟》

家乡的金针花（黄花）

阳光是一壶好酒
越浓烈　你就把嘴抿得越紧
花苞里荡气回肠的滚烫
在枝头流淌黄闪闪的芒

我甚至忘记了遮掩满脸的黢黑
采摘你的双手上下翻飞
生怕　阳光薄了
你也凉了

辑一　花开的声音

蒲公英

山巅　深谷
溪涧边　野径畔
风在哪里
你就在哪里
落地　开花
比针还瘦的花瓣自弹自唱
流浪是一件美丽的衣裳

风很少带你逛唐诗宋词
就像那个拉二胡的阿炳
从来就没进过殿堂

吟 梅

在和春天约会的路上
你遭遇　冬的埋伏
北风的嘶吼铺天盖地
冰雪裸露洁白的肌肤　企图
温柔地诱捕你的　贞节

鲜血溅满你瘦弱并坚硬的枝干
一袭馨香绝尘而去　接头
关山外　春天整装待发

辑一　花开的声音

在册田　我中了一种山楂花的毒

春天是一种蛊毒
种在谁心里　谁就不能自拔
千百里外的几点桃红李白
悬崖边倒挂金钩的七里香
都是让人慷慨以赴的火
哪里的水先暖　柳先绿
哪里飞蛾云集

我也是一只这样的飞蛾
一股脑儿扑向广宁木格
一个叫册田的乡村
天空久违的景泰蓝沦为背景
一堆堆皑皑的白雪起伏　浪荡成海
一个猛子扎进海的中央　我瞬间被那些晶莹粉嫩的白焰
焚成蝶　从一个枝头的乳香
醉向下一个枝头

天下无春　回程仍昏昏沉沉的我神神道道
惊得同行的伙伴大呼
李哥中了山楂花的毒

桃花岛游记

(一)

如果一生只能拥有一座岛
请将我放逐于这片桃林
任岁月沧桑　任红尘纷扬
我舒展比蝴蝶或蜜蜂更轻的翅膀
朝饮花露　暮枕芬芳
遗世而酣然终老

(二)

透过一朵梨花的白
阅读一朵桃花的红
白模糊了　红颠倒了
就如同我隔着今年的桃林
回眸你　旧时的慵懒模样

辑一　花开的声音

花开的声音

在春天的阡陌上
可以闭上眼睛
却必须睁开耳朵
烫一壶陈年杏花
醉卧在群芳必经的路旁

桃李这对欢喜冤家
耳鬓厮磨沿江南打马
嘚嘚的蹄声里禁不住
年少的轻狂
弱不禁风的应该是水仙
清爽的馨香里　漏着难耐春寒的叹息
盛妆的牡丹雍容逼人
一吐气　就是降央卓玛式的回肠
流浪的蒲公英　无暇掩去满面的风尘
一把破木吉他　流淌着春天的忧伤

而木棉　站上春天峰巅的木棉
用刀和戟　狂擂一面西北大鼓
高亢悠远的鼓点　震醒远处沉睡的秋天

花开的声音

残　荷

把腰弓得再低一点
致敬陪伴一生的清水
没有掌声的谢幕
笑容依旧精致烂漫
舒展的每一道皱纹里
都镶满阳光
擦亮那些正伤着秋的
黯然失魂的眼眸

水深处
淤泥茁壮的藕根　紧锣密鼓
排练新一季的绝代风华

辑一 花开的声音

麓山红叶

风冷　水凉
蜕尽青涩　你开始燃烧
爱晚亭的寒山石径指路
从谷底烧上山峰
从山峰烧上天空
一朵火苗
跳跃一份春光

严霜里更紧的执手
是一种油
浇上去
越冬的冰雪也是燃料

茶

桃可能是梨　梨可能是李
在这个什么都不是什么的年代
我相信　那把老壶里
依然是你

只需一个方寸的舞台
你就能把所有的美好重演
天和地的透明
一座山和满山春色
阳光清澄
星月羞涩
采摘的水嫩手
香甜的云雾里　掩映着的家乡

我耐心地等待
你沸腾后的冷却
我静静品尝
一种心甘的苦味

辑一　花开的声音

紫薇吟

分明是一群群粉雕玉琢的娃
淘气地攀上蜿蜒的枝头
不借半点东风
也能自如地荡秋千
无遮无拦地嬉笑　撞进我的怀抱
却是阵阵清香萦绕
纤细无骨的花瓣　我总担心
挂不起　一滴清晨的露
五面玲珑的心
阳光越蒸腾　越通透
甚至故意听错易安的吟哦
知否　知否　应是绿肥红妖

花开的声音

吟 雪

(一)

梅花香得你怦然心动
穿透光年
你以为　你穿越了冬和春的
距离
在每一条枯萎的树枝上
假扮梨花

(二)

我以为
爱你
就得用尽所有力气
拥你入怀

一枚眼泪在我的掌心结冰

爱有时可以是一种距离
比如　雪冷若冰霜
梅　不动声色

辑一　花开的声音

有一种花
——致环卫工人

不是每一朵花
都盛开在枝头
扫帚拂过的地方
铺满玫瑰的馨香

不是每一种耕耘
都在泥土深处
镐锹掀过的街面
流淌金秋的丰硕

不是所有的丽裳
都要色彩缤纷
一抹朴实的橘黄
荡出都市最美的云霞

不是所有的容颜
都要光鲜嫩滑
阳光打磨过的沧桑
闭月羞花

向日葵

只有在夜晚　我才可以停止追逐的脚步
才可以在月光和星子的温柔里妩媚
才可以在轻摆的荷风里
摇曳婀娜的身段
才可以枕着满山的蛙鸣
恬然入梦

梦里
我小心翼翼
藏好那些被你烫得火烧火燎的
情话

辑一 花开的声音

短 调

（一）菊

西风可以再张狂一点
霜雨也可以更加清冷
蝴蝶可以不来
我自狂野地泼火
黄色的焰　燎原寒山石径
只为了和应　和应那些
抬高天穹的二月花

（二）木棉

高处不胜寒
在百花望而息心的高度
你开怀长啸
喷薄的焰火
燃尽天空最后的春寒

辑二

以诗的方式,在岁月的河里逆流

花开的声音

邂逅羚羊峡古栈道八章

（一）追赶西江

保持羚羊的姿势
穿行于如鲫的人流
同路的西江不舍昼夜
已落下我千百年的距离
我试图借助古旧的栈道
追回一段
湍急水流卷走的时光

（二）以山的方式呼吸

满目青翠如洪水猛兽
冲溃尾气尘霾经年的封锁
张开嘴　张开鼻孔　张开眼睛　张开耳朵
张开　所有能够张开的腔道
呼　吸　呼　吸
紧促的呼吸起伏成夹江的两岸群山

辑

二 以诗的方式,在岁月的河里逆流

(三)纤绳勒痕

需要多大的力量
才能拉住一条江
需要多硬的绳索
才能撑住逆流的重量
需要多厚的肩膀
才能承受千磨百勒

岩石深深的勒痕
藏着晒不干的血泪

我尝试着喊一声号子
嗨——嗨——嗨——
满江的回声鱼一样从江底翻浪

(四)望夫归石

六百年后我面壁

真是状元郎的题诗沉默了你比山还高的呼喊
屏蔽了你比江还长的眺望

一定是泪水枯竭了
流成了这条西江
一定是喉咙嘶哑了

吼出的是满谷的山风

我不是状元
我把眼睛和声音放进诗里
让你再哭喊六百年

（五）摩崖石刻

高悬中天

我离天空太远
分辨不了康熙嘉庆道光光绪
抬头
看到一面锃亮的镜子
澄清
一片秀美江山

有雨的日子
每一个刻痕都是一枚阳光

（六）望江楼

每一块光斑就是一层年轮？

数到九百九十九块的时候
我眼花缭乱

辑

二　以诗的方式，在岁月的河里逆流

刀削的直
浩荡的江风
从来就没折过你的腰

飞翔　飞翔
天空并不是你的梦想
每高一寸
你就望长西江一米

我这样亲昵地唤你
望江棉

（七）醉绿

一场酒可以醉到晓风残月
一场绿呢

我懂得你的隐匿
挑战朱自清的《绿》需要勇气
更需要绿的自信

一木成林
一叶成湖　成翡
成雨打芭蕉

花开的声音

乘蝴蝶还在别处
我把你分明的脉络插进我的血管
我从此呀　就有了一颗绿心绿肺

(八)古炮台

林虎一夫当关
万夫相随
羚羊峡一草一木
都亮着森森的剑气

每一块石头
都是垒城的砖
都是上膛的炮弹
倭寇西进一步
必定血溅五步

膛口余热不散
锈蚀的膛口
瞄着东海的方向

辑

二　以诗的方式，在岁月的河里逆流

有一种轻　叫重

有一种轻　叫重
很多次　呼唤你的名字
云层之上　一绺阳光应声
落下来　却是滂沱的冬雨
砸疼　我猝不及防的凝眸

有一种轻　叫重
把往事折了又折　叠成随手可弃的尘
打马扬鞭　呼应的黄沙却四起
迷乱　十里春风的驰骋

有一种轻　叫重
小心翼翼码好易安柳永
叛逆的笔锋偏又梦走龙蛇
杨柳岸
晓风残月　人若黄花

有一种轻　叫重
日暮炊烟远
柴门犬吠
过客匆匆　无归人

花开的声音

一座城邂逅一匹马（组诗）
——写给雨中的肇庆马拉松

（一）

天空昨天就开始激动
络绎不绝的雨水把天和地洗刷得不染一尘
西江按捺不住翻腾的欲望
每串水珠鱼一样弹离江面
试图抢先成为饮马的清泉
肇马　从古老的宋朝起飞
以徐悲鸿的姿势在七星湖畔行空

（二）

万人空巷　发狂的雨也不甘寂寞
借助风势和群马如影随形
洁白晶莹的雾适时氤氲星湖
为疲惫的马蹄增添腾云的动力
每一株木棉都站上半空
闪烁的光芒点亮奔跑的方向

辑

二　以诗的方式，在岁月的河里逆流

雷鸣是天空的掌声

（三）

"长枪"　"短炮"　手机　数不清的眼眸
透过稠密的雨帘
定格每一个腾空的瞬间
背负的雨水每重一斤
推波助澜的号子
就涨出高于春雷的潮

每一匹马都在这样的潮流里
伏枥千里

（四）

宋城墙也漂移着
西江　星湖　北岭
木棉　凤凰花　宫粉紫荆
每一寸风景
都以肇马同样的频率奔跑

而一种服装
风吹却不晃　雷打也不动
帽檐上的国徽

花开的声音

在雨水里越洗越亮

（五）

白驹过隙
从宋城墙序幕
在宋城墙谢幕
一匹马　穿越一座城的一千年
宋时的梅庵　六祖惠能手植的梅花
岁岁清香　今日犹香

辑

二　以诗的方式，在岁月的河里逆流

从梅溪湖的一个倒影感悟春天

诗人陈惠芳携娇妻游梅溪湖，作《梅溪湖九章》
　　　　　　　　　　　　——题记

二月的长沙
春光还是有点单薄
冬眠的草地
正揉着惺忪的睡眼
桃花还在星夜兼程　枝头上只冒着虚火
陈年的梅花　和串错门的桂子
这些点缀梅溪湖春光的宝贝
被诗人贼亮的眼睛
偷个干干净净
他甚至想吞进那枚红扑扑的太阳
用冰封过的梅溪湖水
在已经很厚的腹腔里提炼灵诗妙丹

诗人伙同红酥手　把春天带走了
只给梅溪湖留下一个倒影
神奇的是　梅溪湖的春光
不仅没有稀疏的迹象　还深厚起来

花开的声音

原来的杂乱无绪
沿着倒影的韵脚　分行成九个章节
首尾衔接　一呼百应

据说这一波春潮
从湘江涨进了洞庭

辑
二　以诗的方式，在岁月的河里逆流

有一种爱，叫韦思浩
——致拾荒助学的韦思浩老人

有一种贫穷叫韦思浩
一间楼龄快追上他年纪的毛坯房里
只孤孤单单卧着一张木板床
让家徒四壁这个形容词
第一次感觉到了自豪
一根竹竿挑着两个塑料袋
是他谋生的全部行李
欲白还黑的鞋　底部埋伏着星星点点的漏洞
在一堆堆腐臭的垃圾里
他甚至不放过一只干瘪的矿泉水瓶
一个崩角的啤酒瓶盖
一枚比一分硬币小得多的纽扣

有一种富有叫韦思浩
他有每月5000多元的薪水
他有三个爱他的子女
他有闪闪发光的老杭大文凭
他有体面的教师身份

花开的声音

不　这些还远远不够
他有数不清的捐资助学证明
他有一张张让他得意莫名的成绩单
他有一封封信
和信里一颗颗蓬勃的感恩的心
他有我的泪　我的铭记　我的祝福

有一种爱叫韦思浩
他用对自己的吝啬去富裕一份份贫穷
他用对自己的艰辛去成就一个个飞翔的梦想
他用自己的器官去延续更多的生命
他用自己的名字去破冰精致的利己时代

韦思浩　不是一个名字
是一种血液
是一种基因
是一种根
是一种树
是一种撑起未来的脊梁

辑
二　以诗的方式，在岁月的河里逆流

当你老了

当你老了
举杯的潇洒一如从前
晨曦太嫩　中午的日头太烈
夕阳这壶老酒　浓淡刚好相宜

当你老了
每一朵皱纹都是溅开的浪花
壮年时的豪气干云　免不了一丝虚浮
现在的仰天啊　结结实实

当你老了
笔尖下跳跃的诗行　比春风还嫩
青春岂止是一段年轮
那是永远沸腾的心

当你老了
满头的银丝如皓月当空
最黑的夜里　依然能
照亮我漫山的枫叶红

花开的声音

南京！南京！
——献给南京大屠杀纪念日

（一）

今夜　南京是一根鱼刺
鲠在我的喉咙
今夜　南京是一把钢签
锥穿我的十指
今夜　南京是一团野火
烧得我体无完肤
南京！南京！
咆哮是我今夜唯一的诗歌

（二）

今夜　南京惨白如昼
洞亮天空的
不只是三十七万点烛火
三十七万　三十七万双眼睛啊
七十九年就从来没合上过

辑

二 以诗的方式，在岁月的河里逆流

怒睁着的每一分屈辱　悲恸
都是一道电闪雷鸣
南京！南京！
咆哮是我今夜唯一的诗歌

（三）

今夜　没有谁比南京
更懂得什么叫血雨腥风
三十七万　三十七万鲜活生命的血
汇成的江河
比长江　比黄河
比任意一条江河
更重　更长
能穿越中国的东西　能穿透中国的南北
能从珠穆朗玛的峰巅渗进地球的内核
南京！南京！
咆哮是我今夜唯一的诗歌

（四）

今夜　很多人已渐渐听不见
三十七万冤魂的呻吟
诗人们寻寻觅觅
秦淮河的桨声灯影
微信群里连播《疯狂的红包》

花开的声音

大江南北地主斗得酣畅淋漓
麻将桌上筑长城的喧闹直冲霄汉
南京！南京！
咆哮是我今夜唯一的诗歌

辑

二 以诗的方式,在岁月的河里逆流

母亲,请让我为您煮上一碗面
——献给祖国母亲的生日

赞歌四起　礼物拥堵在路上
沐浴　祷告
我操持有点陌生的厨房
舀一瓢　万年不绝的西江水
点燃　源自大西北地底的天然气
一瞬间　就达到比百度更高的沸点
放进锅里的面条　是我反复数过的
九百九十九
一根都不能少
每少一根就会缺了一种愿景
五香八角姜葱蒜
所有的调味倾囊相倒
当然　六十七个荷包蛋
早已埋伏在锅底

母亲啊　请让我为您煮上一碗面
长长久久　寿福绵绵

花开的声音

苏村,请站起来
——致台风"鲇鱼"吞噬的苏村

这一次水漫的不是金山
凶残的鲇鱼咬破天空
暴雨成魔
平日里温顺的青山也变脸
瞬间吞没　浙江　丽水　遂昌　北界　苏村

古旧但典雅的房屋顷刻沦为瓦砾
凄凉的哭喊撕裂悠久的宁静
二十七条鲜活的生命
从世外桃源般的人间失联

雨还在发狂　堰塞湖是暗藏的碉堡
可毁掉的道路阻挡不住十万火急的救援
遮天的风雨　遮不住铺天盖地的爱和关怀
无数的心跳在延长二十七颗心跳的时间
无数的呼吸渴望代替二十七个生命呼吸
无数人　你　我　他　都在最虔诚地祷告
苏村　请站起来

辑

二　以诗的方式，在岁月的河里逆流

致敬长征八十周年

比天宫二号更先抵达太空的
是绵延了二万五千里的炊烟
不灭的信仰比火箭的助推力更强大
不屈的呐喊超越光速音速
青稞米伴雪
草根煮皮带
这样的燃料囤积肠胃
经久不竭
弓背上　山重水复
云雾里　天日难辨
帽徽上的五角星
精准导航柳暗花明
北上　北上
民族正在那里危亡

烽火四散　节气和鲜血
哺育向荣的河山
秉承祖传的炊烟
十四亿炎黄子孙的祭旗
插上与日月同辉的天宫二号
金　瓯　无　缺

花开的声音

在梦里 我也不敢喊你的名字

那一刻 溃堤的泪水也喊不醒你的沉睡
一抔黄土
隔绝你和我和天日
越拔越葳蕤的茅草
是一支支锋利的芒
锥住我喑哑的喉咙
从此 我喊不出你的名字

甚至 每一个临睡时分
我都把嘴捂得严严实实
我怕 梦里不小心喊出的"父亲"二字
会刜破我的心脏和骨髓

辑
二　以诗的方式，在岁月的河里逆流

我紧紧地抱住你

我紧紧地抱住你
抱住那些花骨朵般的日子
那些不加修饰的笑容
和那些青葱里蓄满梦想的眼神

篝火灿若云霞
歌声如鸟　在月亮岛翻飞蹁跹
潜伏的心事
羞红漫山的枫叶

桃子湖畔　轻舞飞扬
北去的湘水　沉浮
风发的意气
和似是而非的闲愁

我还想紧紧地抱住你

花开的声音

遭遇一场百年的雪

城市紧急集会
研讨一场突如其来的雪
千万双已习惯了雾霾或尘嚣
的眼睛
瞬间湿润　陷入海市蜃楼的迷离
每一张嘴唇都被撑成大大的圆形
却发不出任何音响
没有谁能说清楚
这些精灵是否是百年后的故地重游
她们如何躲避天气预报的监控
她们跋山涉水偷袭这座古城的动机
所有媒体云集梅庵
把话筒递给　这位平日里被忽略的
一千多岁的长者　试图从他古稀的银须
以及正和雪花热吻得毕毕剥剥高潮迭起的
梅花的呻吟里
窥探某种玄机
当然七星岩的那些石头也不会被放过
这个城里没有人不相信
他们就是天上的北斗七星

辑
二 以诗的方式,在岁月的河里逆流

抵不过星湖风情万种的诱惑
私入凡尘　天长地久的厮守一定是感动了
天庭
雪就是带着某种密旨和岩石们窃窃私语
岩群沧桑的脸上第一次流淌妩媚
猎奇的目光当然也会盯紧鼎湖山
那些在碧岚流云里修炼的参天大树
应该是早就悟破了这一场幽会
枝丫雀跃欢欣　搂着轻盈的雪花
旋转着最美的华尔兹

在所有的秘密被破解之前
雪花戛然而止
那些在雪地里疯狂奔走的孩子
把探究的目光伸进下一个百年

失去根　也就失去光明
——悼顾城

黑夜给了你黑色的眼睛
你却用它来寻找光明
你把穿透黑夜的经历
灿烂成阳光一样的诗
光明我和我这一代人
这时我听到你的根在一片古老的泥土里
扎得很深很深的声音

也许你渴望一次失去根的实验
也许陌生的土壤里会生长更多的光明
有一天　你斩断了根
斩断了古老泥土的依恋
远离我
远离得我的思念无法注目你的背影

许多年以后你的传说在一则讣告里流行
疼痛我寻找光明的眼睛
花花绿绿的天空里每一瓣阳光都疏远你

辑

二 以诗的方式,在岁月的河里逆流

你在黑暗中闭上黑色的眼睛

失去根　也就失去光明
在温和的阳光下我们这样悼念你

花开的声音

朋友,别

(学习汪体励志诗,以纪念汪国真)

风尘漫天时
朋友　别迷茫
有梦想就会有方向

冰雪横路时
朋友　别彷徨
心勇敢脚步就会坚强

孤独寂寞时
朋友　别忧伤
执着的野百合
也会在春风里微笑绽放

韶华流逝时
朋友　别沮丧
错过了春光
夏日的艳阳依然光芒万丈

辑

二 以诗的方式，在岁月的河里逆流

蓝印旗袍⁽¹⁾

在天空的底色上
朵朵白莲诗意栖息
河伯岭⁽²⁾拔腰而起
遮不住的风情
如夫夷水⁽³⁾
步着平平仄仄的韵脚
在峰尖谷底氤氲
最销魂处
兀然叉开一段冰清玉洁
惊艳了从昭陵开始流放的岁月

（1）蓝印旗袍，湖南邵阳县非物质遗产，蓝底白花。
（2）河伯岭，邵阳县第一峰。
（3）夫夷水，邵阳母亲河之一。

花开的声音

活　着

有一天我们不活了
诗歌替我们活
　　　　　　——陈惠芳

诗人活着　还会活很久
像他的家乡流沙河　源远流长
即便有一天他不愿活了
诗歌替他一直活
他的诗　不止流淌流沙河
湘　资　沅　澧　四大美人
无一遗漏
长江黄河　只怕也难逃他的风流

我也活着　磕磕绊绊的
像一阵春风　哪天说不刮就停了
我也写诗
我的诗也像我的家乡
东南西北　山从四面合围
开门见山　一叶障目
我的诗缺少隐喻和借代

辑

二 以诗的方式,在岁月的河里逆流

活得比我还短

活着
把生活当诗
不活了
我带走我的诗歌
和山上的草木一起寂灭

花开的声音

在荷塘月色酒店寻诗喝酒

轻雨若帘　　虚掩荷塘的月色
茶马古道拾级而上
在如苑歇脚
匀开盏盏陈年的清香
四壁的丹青侧耳
在浔阳江畔盘旋的嘈嘈切切里
荡气回肠

不需要东张西望寻诗
一个叫徐金丽的诗人
在一个只有星光的夜晚
偷一轮东坡的明月　　揉碎在酒杯里
随手一洒　　每一个拐角呀
应声起伏高高低低　　仄仄平平的莲花

莲深处恍似轻摆一记兰舟
唯佳老师一袭蓝衫
轻吟低哦
把莲的心事破译得淋漓尽致
会意的掌声轻柔地溅开

辑

二 以诗的方式,在岁月的河里逆流

唯恐惊散那滩鸥鹭

谁还会省起归路
在无边诗意里只需沉醉不醒
酒杯太小
我把自己的心肺掏空
用每一瓣月色每一行韵脚填充

花开的声音

致白仓的油茶林

白仓有海吗

我拨开夫夷水的清波
沿梦　抵达白仓
去看那里　几十万亩的油茶林
挤成的海
和风轻扬　叠翠的波浪
自下　滚上四望山的顶端
接吻一尘不染的阳光
比鱼翔水底更为生动的
是满山满坡雪白的茶花
在红丘陵的底色上手舞足蹈
幽幽的油茶清香
从不远的秋天飘来
丰盛的　不是我的嗅觉
而是农人们张开的口袋

白仓有海

辑

二　以诗的方式，在岁月的河里逆流

诗人白炳安素描

白　直白的白　白开水的白
白香山的白
注意　不一定说三遍　白炳安的白

直可以白
弯可以更白
黑乎乎的巷子
一拐角
突兀地一把阳光
真白

白开水无味
医书上却说白开水真味
抱恙者久饮自愈
无病的长喝　百毒不侵
西江　北岭　梅庵　七星岩　包公祠
乃至菜市场一根打坐的葱
白氏三昧文火一煎
香　甜　自然还会留白

白香山是不是先祖
无从考究　也不重要
只借鬼斧神工　偷瞄一两回华清池
便换个青云直上　天下红颜
白炳安妙手天成诗书十册
却换来一介贫儒　两袖清风
世道不靠谱还是诗歌不靠谱
（白炳安笑曰诗人是不靠谱的）
白问　白写　白写还写
写到世界发白

忘了介绍　白炳安个高
容易撑起一些东西
比如肇庆山水里的诗意

辑
二　以诗的方式，在岁月的河里逆流

神农的舌头

不尝爱情
甜蜜的诱惑
在横生的瘴气紧逼下
苍白　不合时宜

必须从苦开始
所有的青草芬芳都是假象
稗子旌旗森严　遮天蔽日
微弱的夹缝里　五谷呼吸困难
花容月貌　花枝招展
全是罂粟和她的同伴
口蜜腹剑　谋杀你的五脏
延龄草的救驾　必须得在蛇毒攻心之后
舌苔每厚一寸
就会有一种荼毒退朝
黍或稷就会深入脾胃

当所有的舌苔脱尽
神农谷的春天　渐成模样

花开的声音

高考之喊楼[1]

如果你还需要能量
我为你喊来阳光
如果你需要的是炎日里的清凉
我为你喊来甘霖
如果登顶的路口仍飘着一丝迷雾
我为你喊来风的清澄
如果你前行的目光还欠缺少许坚定
我为你喊来定海神针
如果你背囊沉甸如山
我的喊是一种举重若轻

喊哑我的喉咙
喊亮你的青春行色

（1）喊楼是许多学校高考前的一种仪式，低年级的学生到高三楼下呐喊助威祝福，以壮高三学子行色。

辑
二　以诗的方式，在岁月的河里逆流

站在离春天不远的地方

脚下的悬崖峭壁注定了
我只能站成一棵结冰的树
瞭望　你面向大海的飞翔
所有的鲜花在一瞬间被清风点燃
弥漫的芬芳
簇拥你轻盈的翅膀
比黄鹂还清亮的欢笑
跌落时　溅起比海还高的浪

别回眸
我脸颊上流淌的
只是　只是一朵消融的冰雪

花开的声音

速记中国女排夺冠

任你力拔山兮
奈何我十面埋伏
任你剑气森严
我擎起万里长城
声东击西　破釜沉舟
祖先的兵法
我用血汗和泪水重演
东方的智慧和坚韧
世界的巅峰啊　登顶的
一定是我
因为我的登攀　永不放弃
永　不　放　弃

辑

二 以诗的方式，在岁月的河里逆流

感悟金利龙舟大赛

百余条龙舟云集
与汨罗水遥相呼应的西江
金利 恍惚穿越两千年的时空
刹那间 甲光向日 鼓角争鸣
雨 天空祭奠的司仪
不约自滂沱而来
当此岸是汨罗吧 彼岸是秭归
扬锣鼓为帆 挟号子为风
划桨的线条凸起
掂量离骚的分量

百舸争流
在浮光掠影里参悟
向后
其实是更好地向前
如同下沉的屈子
却屹立在星空之上

花开的声音

重读雨巷

蜿蜿蜒蜒的巷子
斜雨如絮
越墙的丁香
难耐清寒的忧愁

油纸的馨香
似有若无
渐行渐浓
渐远渐叹息

雨巷里
犹自彷徨着
寂寥的影子
和交会时矜持的满心欢喜

辑
二　以诗的方式，在岁月的河里逆流

再读康桥

沉浸在桥心
和夕阳作惆怅的对望
扬在凉风里的手
如柳
极尽温柔地招摇
无雨的晚空
不经意地弄湿你的双眸
眸子里
伊人乘一管长箫
袅袅天际

花开的声音

扎故事

  扎故事是邵阳县五丰铺的春节传统节目，唱花鼓戏、踩高跷、蓝印旗袍秀等节目精彩纷呈。

——题记

把戏台子扎得结结实实
把蓝印旗袍扎得凹凸有致
把花鼓大筒扎得跌宕起伏
把小旦小生小丑扎得色彩缤纷
把白仓的高跷扎得风火生轮

扎进五丰铺的水泄不通
扎好马步让仰望稳如泰山
扎好凝眸让眉飞色舞
扎一声吆喝如惊雷出谷
扎阵阵掌声如浪石穿空

扎地三尺
根更深地掘进红丘陵

辑三

夜半情话

花开的声音

清明组章之清明时节雨纷纷

天空不一定有雨
雨水早已在心里泛滥成河
我没带伞　和父亲的叙旧不需要任何的
遮拦
说是叙旧　其实是我和父亲角色的一次反串
我滔滔不绝　从母亲的身体尚好
（只是提你的名字就会溅泪）
到弟妹已长大成人为人父母
再到孙子们如何活蹦乱跳
和我小时候的心不在焉不同
父亲一直听得很耐心认真
生怕错过任何细节
我也感觉到
他不时赞许地点头示意
饮尽最后一杯酒
我和父亲道别
并约好明年这个时候再见
父亲并未起身相送
深沉的目光像一把宽大的伞
遮住我和我的家人

清明组章之路上行人欲断魂

冷清了经年的山径
遽然被密集的脚步声惊醒
高低起伏的泥泞里
正卖弄风情的野草和荆棘
猝然间来不及让路

只是平日里每张生动明媚的脸上
挂满了白花花的冰霜
只是每件正正经经的衣裳
都被纷扬的雨水或另外一种液体荡漾
只是　只是每一阵脚步
都被呜咽的寒风拽得
踉踉跄跄

清明组章之借问酒家何处有

从山腰到山脚
耗尽了我所有的力气
祖先窖藏的老酒
咸苦而浓烈
昏昏沉沉的　不只是我
还有那匹运送我的老马
醒酒的唯一方子
就是再醉一场
用一种酣畅淋漓
来替代现在的悲痛欲绝

迎面的牧童骑牛当马
娴熟地横吹一曲杜牧
高低起伏的旋律
隐约着酒家的方位

清明组章之牧童遥指杏花村

落寞地　走出夕阳西下
不期而遇暮归的老牛
牧童天真无邪的眼眸
瞬间洞穿我的憔悴和软弱
智慧的手指
点破时空
和烟雨的迷离

杏花村　凛风飘扬
点点滴滴
浇灭愁肠

父亲的爱好

残存的记忆和父亲的爱好有关
那时家里偶尔吃一回肉
父亲总会把埋伏在辣椒深处的肉片夹到我们碗里
自己抓一根光秃秃的骨头啃得津津有味
父亲说　他这一辈子呀　就爱啃骨头
说这话时　阳光抚平了他额头上刀刻的皱纹

父亲爱吃杂粮　不爱米饭
父亲爱不分昼夜刨地
节余的光阴让我们好好学习
父亲爱补丁缀满的衣服　爱穿草鞋
爱挑压弯他背脊的担子
唯一让我们意外的是
父亲爱吃我们从山里采的蘑菇
一开锅　父亲总是抢着第一个尝鲜
好几分钟后才如释重负
香　真香　快点吃

辑三 夜半情话

和月色聊天

月色如某个久别重逢的朋友
闲坐在我的阳台
随便扯一些遗忘边缘的旧事
或娓娓吟哦
三两渐行渐远的句子

一滴秋露酣然入眠
梦着关山外的春天

老照片

还好　今夜我不那么无聊
独坐阳台
煮一壶月色　自斟自饮
微醉处
摘几粒星子
就当是下酒的花生米

哪有什么闲愁
若不是这阵无聊的风
掀开泛黄的日记本
抖落的相片褪尽颜色
却仿佛依稀

辑三　夜半情话

聚　会

月色扎成的篱笆
把我们圈进往昔
荼蘼的花事酒一般
香醇你的眸子　顾盼生辉

我静静倚在人群的角落
不只想好好地看着你
我还害怕　害怕你
看清我比黄花还瘦的心

雾

我愿意和你重逢在这样的雾里
你能聆听我铿锵的心跳
却看不清我眼角的皱褶
和泛白的两鬓
你在雾里的呢喃
即使直白　也是一首朦胧的诗
我也无须遮掩
和年少时一样的
面红耳赤

我愿意　从此不见云开月明

乡 音

我留意到　一只鸟在我的窗台盘桓了好几日
比晨曦还早　把我从旧梦中唤醒
暮归的翅膀　追赶落日的余晖

斟满一杯来自家乡的水酒
我从中午时分开始和它对坐
透过逐渐迷离的醉眸
我检索到　它扑腾的翅膀
还沾着几粒　我熟悉的尘土

这一场醉　一直延续到月上中天
蒙眬里　依稀听到几声鸟鸣
一口的家乡口音
有点像爷爷奶奶的唠叨
也有点像
那些我已渐渐陌生的父老乡亲

渡　口

取唐宋诗词为砖　以美酒作浆
用余生的长度　筑梦中的渡口

渡我为雨露　沐浴你的阳光
渡我为清风　追逐你的流岚
渡我为纤绳　勒进你的肌肤
渡我为蝶　缠绕你的芬芳
渡我为月　倾满你的荷塘

把昨日渡回今天
把来世渡往此生
把山高水长渡成唇齿相依
把弱水三千渡成独沽一瓢

渡我
和你如影随形

辑三 夜半情话

归

有没有一种比高铁还快的列车
有没有一条比二广还快捷的高速
哪一只鸟能给我的肩插上翅膀
远方　山叠着山
却遮拦不了我的视线
旅途　风夹着雨　雨夹着雪
却冷冻不了血管的高烧
侧耳
阔别经年的小黄狗
对着进村的道口汪汪地嘶吼

快点　再快点
我已摁不住贴紧油门的脚趾
慢点　再慢点
那头的故乡反复叮咛
平安二字呀　胜千金

如 果

如果　如果所有的昨日
都可以反悔
如果　如果所有的明日
都可以预测
如果　如果我错过一次后
能把你重新爱过

那么　那么决堤的痛苦
又算得了什么
即便把明天泛滥成沙漠

静　夜

夜快白了
和一杯咖啡对坐
一袋满满的糖
输给了那种叫揪心的苦

星月睡了
冷雨却不谙风情
推开虚掩的窗帘
搅乱那杯化不开的咖啡

乡　愁

少小离家的时候
妈妈总是把背包塞得满满的
也不管我稚嫩的肩膀呀
被勒出两道深深的痕

浪迹的岁月里
背包早已和沧桑往事一起
被遗忘在某个角落
可肩膀上的沉重哟
却从未稍离

在繁灯簇景的他乡
勒痕在冷月里若隐若现
妈妈呀
你叠进背包里的
难道不是行囊
而是故乡的水和山

囚 徒

其实　我只是一个过客
偶尔经过你的庄园
梳洗掉来路的风尘
再了无痕迹地启程

重新出发的时候
脚步却莫名地沉重
你的庄园很小
我却找不到出去的门

于是　我心甘情愿地
成为你的囚徒
偶尔的一丝叹息
竟也充满了甜蜜

踏　青

干脆　脱掉鞋子
奋力跃起　落下
把赤脚深深插进泥土
或者干脆　搂着你
在绿草地上翻滚
让漫山坡的栀子花呀
嘲笑我的　放浪形骸

辑三 夜半情话

教师节写给自己的歌

当所有的汗水、乳汁、血液都烧尽时
我开始用青丝做燃料
既然是以一盏灯的形象矗立
燃烧的欲望就不该熄灭
点亮接踵而至的黑色瞳仁　是我的天职

孩子　别担心油枯灯尽
当你们璀璨成夜空中最亮的星
那炽热的光啊　会重新把我注满

家乡的山泉

九曲十八弯　弯不出
巴掌大的家乡
从不飙海豚音
连中音　也是降调的
须贴地才能听清
和母亲在摇篮边的哼唱　异曲同工

黄昏是你应接不暇的季节
你首先要抱住爷爷泥地里拔出的两腿
让馋嘴的小鱼儿（你豢养的宠物）狼吞虎咽
黑泥巴的肥沃
父亲松开躬了一天的腰板
傍着你　卷一袋旱烟
烟圈袅袅　顺着水流
荡向他曾经向往的远方
我匍匐　和我牧归的老牛
大口大口　吸啜你的甘甜

多年以后　我学会了反刍

老 井

比一百年还老
只不过每老一岁
便沉淀一份甘甜
冬日温旭　夏日清凉
我惬意地坐着你的狭窄
观了十八年的天
蔚蓝的云彩养眼
养就我的明眸善睐
也起风　浪却不荡漾
静好的时光　我甚至不渴望
面朝大海　春暖花开

终究没逃脱背井离乡的宿命
公路　铁路　机场
运送我抵达不同的远方
喂养我的湘江、长江以及西江
殷勤却稍欠了些许甘甜
比起井底　天空更辽阔
眸子里的明亮却渐渐褪色

花开的声音

在一个意外的梦里
我把家乡的老井连根拔起
行走天涯的步点
瞬间　轻如羽翼

辑三　夜半情话

清明致父亲

我把自己穿戴得整整齐齐的
还特意涂黑鬓角的斑白
忍住两个膝盖的隐隐作痛
用健步如飞　替代平日里的
步履蹒跚
父亲　我知道你已失眠了一段时间
只有看到我这个样子
才能安安心心又睡上一年

父亲啊　我就担心
总会如期而至的纷纷雨
曝光我满面阳光妆容后的
一脸风霜

花开的声音

故乡山间的茅草

蹒行在故乡的山路
丰茂的茅草把我淹没

不再需要成为反刍的口粮
不再需要成为灶膛里御寒的烟火
在一岁一枯荣里节节拔高
茅草还原为草
还原为山的守护
还原为遗世的风景

风吹草低
我匍匐在茅草的根部
现出牛羊的原形

辑三　夜半情话

以高铁的方式告别故乡

305公里/小时
我一瞬间穿越一个山头的
云雾缭绕　抵达另一个山头的
云蒸霞蔚
缓慢的故乡在几秒后
就蜕变为一种遥远的彼岸

曾经如此渴望这样的翅膀
让我能挣脱故乡窄窄的天井
宽厚的引力　自由地失重在
异域的海阔天空
可此刻的这种电光火石
擦燃胸腔的　是一炬恐惧
我可能转瞬就抵达生命的终点
却来不及再多望一眼
宠辱不惊的故乡

花开的声音

别雁城

雁还在北方的天空排阵
回雁峰敛起十里烟雨
钢筋水泥长成的森林
隔断我平沙落雁的瞭望
一座曾经熟悉的城
以繁华的方式和我疏离

再　　见
说再字的时候
高铁正以一日万里的速度
把见字丢在岭之南
还在火辣的土菜里沉醉的肠胃
从此弥漫　一种叫壶子酒的香

老师的目光(一)

比海水更深
比河流还长
比天空更高
比大地还厚
比阳光更暖
比春风还软
比井水更甜
比火炬还亮
比蒲苇更韧
比千钧还重

老师　您的目光画好的圆月
圈住我的一生

老师的目光（二）

总牵绊我的衣襟
扯着我飞上更高的天空
稀薄的空气耗尽我的能量
这时您背后的注目
是功能强大的充电宝
让我在一瞬间满格

辑三　夜半情话

母亲的手

（一）

小的时候　母亲的手高高扬起
再轻轻划过我们的脸颊
轻重缓急　抑扬顿挫
母亲的手　好像在弹着钢琴

母亲一辈子都没见过钢琴

（二）

我们也老了　母亲总是遮掩着她的手
她怕我们看见她手上的疤
有镰刀割的
有菜刀切的
有锄头把磨的
有纳鞋底的针锥的
她怕那些疤
长成　我们心头的刺

远　山

确实很远　远成我视线里模糊的轮廓
看不清树　看不清草
看不清坚硬的石头和松软的泥土
所有葳蕤的具象伙同流年
不知所踪

为往事放歌　填充目光里的空吧
打开伴奏　温习这样一些音节
溪流汩汩　鸟儿啁啾
小屁孩们翻天的嬉笑
躺在花篮的蘑菇你推我挤的吵闹
让老牛哞哞鼓掌的悠扬牧笛
大人们回家吃饭的喊叫
把旋律推向高潮

轮廓渐次清晰

今夜无眠

从1到1000　从1000到1
闹心的羊　满山坡漫游
半途而废我的每一次点数
夜的黑　此刻是一种白
比白昼更白
总在梦的边缘洞亮我的双眼

无来由羡慕起那些街头的流浪汉
随便找一桥洞或树底就能酣然入眠
天空的被子很稀薄
刚好能盖住他们稀薄的梦
我甚至渴望做一条冬眠的蛇
屏蔽人世间所有的风花雪月
用大把大把的光阴来休养生息

可否让白昼无限通胀呢
黑夜无限通缩
我宁愿用满头的白
替换现在黑里的度秒如年
再或者让天空电闪雷鸣

花开的声音

全世界的人和我一起患上
这种叫失眠的病

今夜无眠
今夜　你在远方的风雨里

辑三　夜半情话

山　路

何处起源　众说纷纭
终点
就被安放在云深不知处
半山腰上我的蠕动　莫测倾斜的方向
有些冒尖的石头　砥砺勤奋的脚板
丛林密不透风
捂一身的汗水　抛落两边的野花丛
浇灌一茬茬生动
这时　是可以停下来
点支烟　和树上衔着阳光的栖鸟
聊聊当下的风景

一朵流云反复刷天空的屏
提示几个拐角后的剧情

垂钓图

一条渔竿在水面入定
垂钓者的目光在渔竿入定
曾经的丹凤眼　如今眯成了一线天
在垂钓者的两鬓斑白之间入定

风就没停过东摇西摆
只有水动了凡心

渔竿跳动了一下
一种相濡以沫
顺竿上爬

辑三 夜半情话

岁 月

岁月
是一道没有桥的河
只能泅渡
波涛串联荆棘　温柔地
刺破我华美的袍子
直至血泪并流
直至白发如莽

青春和爱情
并未随行
在来时的岸上
兀自生动

半个苹果

桌上静卧半个苹果

谁咬过了
我接着啃
一种残缺

虫子被咬掉了
我啃着甜蜜的心

辑三 夜半情话

情人节致远方

如果今夜的月亮能圆我所有的愿

我祈祷　北岭山能再长高几米
这样我就可以踮起脚尖
把一首酝酿了经年的诗
写满月亮
诗的标题三个字：我爱你
诗分三行
第一行一个字：我
第二行也一个字：爱
第三行还一个字：你

亲爱的　不论你在月亮的正面
还是在月亮的反面
只要你愿意抬头

往　事

母亲忽然和我聊起烧火的往事
我把一捆柴堆进灶膛
火不燃了　倒窜出团团浓烟
灌进我的眼眶　泪流满面
几声狼狈的咳嗽扎伤门外母亲的手
她慌忙丢下簸箕　把我赶进里屋
伢子　你还是去读你的书吧
记住　火要空心　人要实心
说话的当口　母亲已把火苗拨弄得铿亮
我瞥见火光中的她　隐蔽得很好的白发

辑三　夜半情话

归　去

卸下酒杯
和酒杯里荡漾的红尘
卸下蓑衣
和蓑衣裹紧的风雨
也卸下阳光
和阳光下艳丽的花事
卸下茫茫人海里的芸芸众生
那些稔熟的知遇和陌生的
擦肩而过
卸下诗和远方
和那句平生未能修得的佛号

归去
归去

花开的声音

湿了一半的身体

停水的一刻
身体刚好淋湿了一半
左边望梅止渴　右边浅尝辄止
有点意外的情形　如闪电
切回某年某月

那应该是一段青葱的岁月
你长发及腰
我也假装风度翩翩
山路陡峭
我们无悔各自的起点
接头暗号
山之巅　一棵开花的树

初春的气象总出乎意料的万千
东边日出　西边可能正雨
渡尽劫波　落红满径
来路无你　无我

早就湿了一半

辑四

行吟的四季

元　宵

除夕夜开始发酵的新春
经过烟花爆竹锣鼓唢呐不间歇地
推波助澜
在今夜阑珊的灯火里
登峰造极
接天的酒香
醺醉饱满的月亮
踉踉跄跄
蹲在柳树枝头
把热恋的情侣们
紧紧箍在幸福的光圈里

辑四 行吟的四季

春 雨

如果把春天比作一场交响乐
春雨就是气度轩宏的指挥
纤细的手指轻轻一扬
天籁便从银河簌簌而降

花儿们误以为谁吹响了赶集的号子
描脂　抹粉　画眉
披上霓裳慌慌张张出门
提着的一篮篮馨香
挤得大街小巷
水泄不通

花开的声音

倒春寒

入夜　风声渐紧
一场雪　突兀得如天外飞仙
冷寂刚刚活络的春色
枝头那些含苞的蕾
来不及姹笑嫣然
来不及惹蜂乱蝶
或一夕白头
或零落成泥

听不到一朵花哭泣的声音
所有的花朵都懂得
外冷的雪呀
隐藏着和她们一样的对春天的热恋

辑四　行吟的四季

惊　蛰

其实我早已经醒来
甚至在第一朵桃花还没吐蕾
甚至春风还远在关山之外
甚至黄鹂的个人演唱会还没开腔
我已经嗅到了你的体味

我不愿意潦潦草草
去赴我们的第一场约会
我蛰伏　用储存了一冬的雪
把自己洗得冰清玉洁
等你　在这一瞬间把我贯穿

花开的声音

春　分

如果抽刀可以断水
我决定把春天一分为二
一半和风细雨　一半雷电争鸣
一半羞涩矜持　一半热情奔放
一半犹抱琵琶　一半海阔天空
一半浅吟低唱　一半山高水长

如果我和你在春天的两端
一半　不离
一半　不弃

辑四　行吟的四季

春　种

举春风为锄
刨开一冬的荒芜
坦露胸膛　贴紧泥
用体温肢解地心的凉
汗也是一种雨
润泽肥沃越冬的干涩贫寒

不种花　不种月
撒一把秋天
在春深不知处

花开的声音

小 满

五月风不再空洞
把田埂上的桑叶喂得丰硕肥厚
滋长夏蚕吐丝的梦
采桑的少女在风里拔节
隆起的胸脯将满未满
早熟的麦子蓄一把金黄的须
招摇垄间的颗颗饱满
一挤　全是乳汁

熟谙节气的阳光游刃有余
一边灌浆一边品着《周书》
小满之日苦菜秀

辑四　行吟的四季

芒　种

山坡上演着老谋子的大戏
《满城尽带黄金甲》
丰硕饱满的麦粒挤破芒的遮掩
勾引久旷的镰刀
抢在梅子雨之前金屋藏娇

低洼处　禾苗裹着墨绿的紧身衣
步着六月风轻狂的韵律
蹦起了健美操
那扭动的细腰啊　咧开老农的嘴
怎么也合不拢

只是喜欢劈腿的螳螂处境有点不妙
一只腿留在了猴年　另一只却去了马月

花开的声音

端午致屈原

(一)

乌云吞噬了郢都最后一点阳光
黑暗浩浩荡荡　一寸寸淹没
《离骚》《九章》《天问》擦亮过的天空
故土破碎　三楚飘摇
暗无天日里只有脚下的汨罗江是干净的
你纵身一跃
让路漫漫的上下求索
让哀民生之多艰的叹息
让九死甚犹不悔的坚贞
让橘的高洁和兰的幽香
随江流淌
淌成一个民族的血液和脊梁
怀抱的石头
稳稳定住　风浪里的江山

(二)

五月艾香铺满的梦里

辑四　行吟的四季

我错把汨罗江水当酒
一饮而尽
江底禅定如莲的屈子　峨冠若初
从我酣畅淋漓的醉眼水落石出
满树的离骚
和着打捞了两千多年的鼓点
灿然如星　亮闪华夏的天空

（三）

你鱼跃的姿态　如锋利的刀刃
戳伤我忧国忧民的腰
汨罗江或任意的某条江河水污浊经年
酿成的苦酒
一点一滴
积蓄我沉江的勇气

花开的声音

夏 至

这一刻　流浪的阳光不再北漂

我愿是你最想打磨的生铁
在最漫长的淬火里
出炉最纯的钢

我也愿是藤蔓上低垂的苦瓜
在最炽热的烘烤里
让你咀嚼苦尽后的甘凉

当然　我更愿是你的爱人
在最急促的夜色里
和你　悱恻一生

辑四　行吟的四季

小　暑

这一刻　阳光涨潮我的天空
一浪连着一浪
一浪高过一浪
冲浪的禾苗
起伏庄稼汉的喜悦

而此刻　在遥远的北方
一座叫武汉的城
正在风雨里飘摇
晴川不再历历
鹦鹉洲　萋萋芳草难觅
空余汪洋里战栗的哀号

把所有的阳光都换走吧
苍天　我宁愿此生雨水倾盆

花开的声音

大 暑

该是摇滚的时辰了
来吧　来一曲汪峰
怒放的生命
阳光的鼓点急促铿锵
蛙鸣蝉噪　比重金属更重
梧桐登上更高的蓝天
音色高亢深远
而稻穗低头　弯腰
气沉丹田
进出的每一句都力透千钧
且字正腔圆

来吧　亲爱的
你飞扬的长裙
早已是一堆干柴

辑四　行吟的四季

初　夏

阳光日见泼辣
磨亮垄上的麦芒
暖风开始放肆
把柳条儿荡上云天
刺激蛰伏枝丫间的薄蝉
半是惊魂　半是欢欣
唧唧唧的尖叫声跌落池塘
激活接天荷叶下
此起彼伏的鸣蛙

刚闯入青春的少女
只披一袭轻纱
虚掩隆起的凹凸有致
蓄满了一春的情愫
以飞蛾的姿势　扑火

花开的声音

七 夕

今夕何夕？ 银河群星毕至
见证一年一度的金风偶逢玉露
万鹊噤声 侧耳
生怕漏过一句半句 经年的相思

我单薄的爱的积蓄
换不来一张观礼的门票
只能在星湖边守株待兔
月色朦胧
在湖底不太真切的直播里
细细丈量牛郎织女脚底 茧的厚度

辑四　行吟的四季

立　秋

轻摇几下羽扇
或再拨弄一场凉雨
夏天　这个至阳至刚的汉子
开始一寸寸酥软

熟透的叶子张开翅膀
——是时候回家了

花开的声音

中秋月

今夕　一个展翅的精灵
穿越秦汉的万里关山
摇摆唐宋的丰臀蛮腰
转山川　低莽原
横沧海
轻掠贝加尔湖
清波流淌的地方
梦圆　情满
人不离

浓荫深处　举着的酒杯
战战兢兢　唯恐
树叶缝隙的漏光
窥破我心上的某个缺角

辑四　行吟的四季

秋　思

雁南飞
那里有更多的温暖
我的屋檐下　仅挂一只空空的巢
以晨霜般的清冷　回应我
仍跳着六月火苗的眼眸

没有一种宿醉　可以到天尽头
晓风残月点燃的烟
追着北风　寻觅
你的影踪

花开的声音

处 暑

焰火渐凉　暑沉入地心
轻霜梳理树梢　成年的叶次第褪色
从容的步子难掩归心如箭
蛙鸣一夜之间遁形
满池的空旷方便藕根的肥壮
远方　菊对镜贴着花黄
更远方　天空后退
腾出更多的地方　屯粮

我的远方　秋波灯火通明

辑四 行吟的四季

秋 雨

不止风是秋天张扬的语言
浅斟轻吟的雨更是
清瘦的梧桐读得懂
那份柔柔的冷
巴山夜池也悟透了
那种冷冷的柔

太热烈的缠绵　太容易凋谢
太矜持的表白　擦不燃怒放的花火
智慧的秋雨　若重尤轻
将每一方爱的天空
漂洗得宁静　悠远

花开的声音

秋　水

铺开天空的宣纸
勾勒秋色

云朵信马由缰　雪一样的白里
应该微透着　苹果的酡红
独挑大梁的枫林　沿着山冈起伏
炫倒挂金钩的绝技
三角或五角不一的叶子　漂霜　釉上阳光
出窑　邮往春天的明信片

浣纱的姑娘乘暮归去
扑通　我扎个猛子
打捞她藏在画底的秋波

辑四　行吟的四季

秋风吟

破就破吧
杜少陵的那几间茅屋
心有广厦万千　何惧秋高怒号

散就散吧
乘楚歌正酣　优雅地舞《霸王别姬》
来年春更好　绕树再弄芳姿

醉就醉吧
梦从此岸的杨柳泊向彼岸的残月
情若不冷　天涯还是咫尺

爱就爱吧
稻穗逐浪　高粱热火朝天
低调的仓廪高调地开怀
一路的风尘　被刮得干干净净
玲珑剔透的心啊　等你拥我入怀

花开的声音

秋　分

天空不再有人擂鼓鸣金
山冈上歇脚的秋季
睁一只眼　闭一只眼
花该开的开　该败的败
昼和夜画好楚河汉界
井水不犯河水

我劈开望穿的秋水
悄悄捂暖
冷清的那一半

辑四　行吟的四季

寒　露

我开始准备长袖衣衫
随便的哪一阵风
就足以把我的身子吹凉
我必须践行我的诺言
即便身子凉了　心不凉

把一张张枫叶夹进诗行
增加　着霜的心的热度
菊花煮茶　明目
可以看清千里之外
你捧着雪花的等待

花开的声音

霜 降

　　山那边　接站的初雪翘首以待

　　秋天的官子　滴水不漏
　　颗粒归仓之后
　　再梳一次离离原上草
　　焗黄　那是来生相认的记号
　　西出阳关前和枫林的对饮　酣畅淋漓
　　要醉　就醉它个漫山的脖粗脸红
　　大风扬兮　一曲高天流云
　　送别南归的大雁

　　最后一把麦种撒进霜里
　　即将到站的秋　如释重负

辑四　行吟的四季

立　冬

日子在这一刻立成一块铁
零散的阳光
撞不穿　浓厚的生硬冰凉

把你的手交到我的手中
冰与冰的交融
能抵销各自的冷
让身体与身体严丝合缝
西风无孔不入
爱的火苗需要无隙的呵护

静静地等待雪开花吧
我们在相视一笑里白头

花开的声音

冬雨随想

织一张网
串通天寒和地冻
往那些脆弱的伤口上
再撒一把盐

满世界咸苦的泪里
萝卜和白菜窃窃欣喜
每一度冷
润色一度清甜

枕着爱情　柔美地冬眠
在秋天　我囤积了足够的阳光

辑四 行吟的四季

大　雪

阳光铆足劲地灿烂
争宠的桃花也穿越上了梅的枝头
在岭之南　大雪节气
就是传说中的海市蜃楼

在一场虚拟的雪里
我把自己滚成一个雪人
岁月僵硬的肢体一节节柔软
无瑕的白洗净惹满的尘埃
冰敷的眼眸
盯住你正来的路口　一眨不眨

花开的声音

盼 雪

日子是前世就约好的
我褪尽所有的绿
只等你
为我穿上那件白色的嫁衣

别再躲在阳光后面
来年的春风可以还我绿色的衣裳
白了的头
却没有一种涂料　可以染黑

辑四　行吟的四季

腊　月

天空一把把撒盐
腌透故乡每一寸泥土
密密麻麻的　墙头上的每一页日历
挤满了　腊猪腊鱼和猪血丸子的香味

往南来的风啊　翅膀慢点
我正在抢票
那招魂的香
千万别让我在列车出发前
休克

花开的声音

正 月

正月被织成一串串灯笼
挂满街头巷尾　檐沿树梢
乍暖时分　若抵不住料峭的春寒
仰头望向高处　每一点彤彤的红
都是一团熊熊的焰火
燎原你的丹田

正月是呵着热气做成的馅
被饺子馄饨汤圆结结实实包圆
吞咽咀嚼　不只是蜜口香腹
短暂团聚的亲人　千山万水
从此不再是距离

正月是一面不知疲倦的锣鼓
咚咚咚　号子一浪高过一浪
勾引憨厚的狮子上蹿下跳
鱼龙　一夜眉飞色舞

正月是冲天而上的烟花
"砰"的一声　散开漫天童话

辑四 行吟的四季

正月是二胡唢呐的唱和
一声"正月里来是新年"
哥哥妹妹心如撞鹿　面若桃红

花开的声音

大 寒

无视我的惊诧
校园里的两树柠果花也突然暴动了
（此前　桃花樱花早已越轨）

许是南岭擅自增加了海拔
让北来的朔风望峰息心
抑或是横生的雾霾
迷失了寒冬的路径
我在大寒的约会里
热火攻心　瘴气蔽目
再也写不出　冰清玉洁的诗句

辑四　行吟的四季

柿子红了

露一场　霜一场
风一程　雨一程
季节积寒成疾

跃上树梢坐诊
斜枝把脉天空　用根做悬丝垂脉地心
望　闻　问　切
一笺处方已了然于胸
鲜红的丹药以阳光为引
涩涩地甘
清心　润肺　中和秋天的胃寒

辑
五

如歌的散板

花开的声音

绝望的情思

(一)

我试图再一次敲响你那扇紧闭的窗棂,然而沉重的敲击已撞不响你冰冷的心钟。无奈的叹息,在你没有一丝空隙的窗帘外徘徊。

(二)

我又一次走到你的小屋前,忧伤在孤寂的风中长成一条常春藤,悄悄地爬满你的阳台,可怜兮兮,期待着你目光温情的抚慰。

可你不再踏上阳台。

难道我送你的那盆栀子花已不再是你心中的风景?

(三)

这天晚上月亮又在你孤寂的窗口开放。

我隐匿于那棵我们曾经栖息的树下,遥望你那方洁白的窗。

你郁郁的倩影在月色中恍恍惚惚。那把我调试过的吉他,

辑五　如歌的散板

正依偎在你的怀抱。

我凄然而去。我知道，断弦的吉他，再也拨不响爱的音符。

（四）

在这条昔日的小径上，我把无数个黄昏等成满天星辰。

难道这是一个你早已遗忘的梦？你失落在这里的那片梦纸你也不想寻回？

蓬蓬勃勃的夜色又淹没了黄昏最后的一簇光柱。

几颗昏暗的星星又在寒冷的天穹战栗。

（五）

冷冷的秋风从我的头发潮向我的思绪。

你挥手的时候不正是在如此缠绵的秋雨中吗？

难道你已经把我深情的吟唱遗忘？

"我走的时候秋雨潇洒　挂满你的眉睫湿透你雪色的衣裳　冷冷的风摇着你的小手　把如潮的依恋　挥成一片思念的雨帘　茫茫无边"

（六）

那个会吹叶笛会对月而歌会吟破嫦娥的寂寞的纯真的女孩呢？

银银的月色弥漫橘园时，我无望地寻找着。

那棵你傍依的橘树在剪剪风中哀哀地哭泣。

花开的声音

（七）

怔怔地站在我们邂逅的地方。

爱的星辰啊,你既然闪亮了我的来路,何苦又失明于我的归途呢?

（八）

我的屋子和日历已锈迹斑斑,窗外的碧草也因我的哀愁而日渐消瘦。

何时你温柔的足音,再踏响我门外因等待而苍老的小径呢?

（九）

是不是这片枫林也走出了你的记忆?

那些曾经记载着我们美丽传说的枫叶又一度缤纷而烂漫了,可你为什么要做一个叛逆的读者呢?

难道就不能致我一个秋的问候吗?

即便冷若冰霜。

（十）

在每一个飞升又飞落的日子里,我就如此地在岸的一边遥望另一边的你。

辑
五　如歌的散板

沙海茫茫，哪儿还有一叶扁舟，能载动我沉重如陨石一般的愁思呢？

我绝望地寻找着。

（十一）

你已不再回头，回味我永恒的执着。

然而我却还在爱的沼泽地滑落，心被撕成七零八落还痛苦地呻吟着：绝望的期待也是一种幸福。

（十二）

明天的天空阴郁得挂不起太阳，于是昨夜的梦无尽地把我缠绵。

那么就让我在绝情谷中孤独地老去吧，我无悔。

感悟陈惠芳老师的《不负春光》

（一）

诗人的心比贝加尔湖更深沉，不肯轻易泛动涟漪。

春光已经好得无限，诗人却怕轻易伸手。写不出最动听的乐章，那会是对春的辜负和亵渎，那是对春的不敬和伤害呀！

所以，一开口，就是绝句。庸俗的诗歌追风逐月，歌风吟草，拔云弄雨，招蜂戏蝶。诗人却在熬过了冬天的动人的乐章里，聆听到了春的哀伤。今年的花还长在去年的蕾上吗？年年岁岁春相似，岁岁年年花不同。诗人睿智的笔敏锐地探进了花心。

（二）

诗人的爱是博大的。

不较时序，不论颜色，不分贵贱。所有的绽放都是一种美丽，所有的花开都是满分。在诗人最高的褒奖里，花，情难自抑，和诗人融为一体。花是解语的，所以花能读懂诗人深刻的乡愁，花能领悟诗人对大地的深重的眷恋。

辑五　如歌的散板

（三）

诗人从来就不曾老过，更何况在盎然的春光里。

用瓦片或石头，在春天的胸脯上滑一道水漂。这是怎样的一种年轻呀！荡开来的水波，我们联想到的是皱纹，可诗人却将它当作五线谱。

还需要去掩饰岁月的皱纹吗？

还需要去介怀真实的年龄吗？

诗人和他的诗一直在春光里流连。

（四）

只要心中有春，春天就无处不在。

人们四处颠簸，寻春，踏春，探春，以为脚步遍及了东南西北，就可以收成更多的春天。

诗人岿然不动，一滴湘江就凝聚了天下的春。

诗人的激情远比我们来得汹涌澎湃。

（五）

与春天相呼应的是从容的心情。

我恍然大悟，为什么一样的春天，会有不一样的诗歌。

地平线可以握在自己的手中，哪里都是起点。

花开的声音

日出可以从自己的手心升起,阳光时时灿烂。
阴影又算得了什么?前行路上的铺垫而已。
境界!大境界!
仙桃只长在蟠桃园。
从容的心情喷薄晶莹的诗歌。

辑五　如歌的散板

荆州印象之关公

　　成也荆州。败也荆州。
　　单刀赴会。败走麦城。
　　从如日中天到日暮西山。壮和悲之间，只有两个成语之间的距离。一百次成功塑造的英雄，只一次失败就轰然坍塌。
　　一个名字，一座城。
　　关羽，关云长，把荆州扶上赤兔马，驰骋千年。
　　挥舞的青龙偃月刀，精光四射，暗淡之前的楚庄王，之后的岑参军，再之后的张居正。
　　汉水，长江，从此只流淌忠义。
　　霜降之日我抵达荆州，天气骤寒，我感觉到荆州哆嗦了一下。
　　不可大意呀！

花开的声音

距 离

我们孤独地相守着同一条河流。

在河的两岸,我们静默地相互凝望如对峙的两岸青山。

一片小舟,一点浮桥,我就可以融入你的氛围,你就可以支撑我的天空。

可我们谁也没有走近谁。

川流的河水送走了如许的日月星辰,我们短暂的距离却无可更改的永恒。尽管我们互相渴望对岸迷人的风景如同渴望阳光渴望晴朗的梅雨季节,但我们仍旧保持着那段美丽的距离。

我们知道,并不是所有的距离都需要跨越,并不是所有的分离都是痛苦。

就这样能彼此深深地爱恋而又能永远拥有自己的天地自己的阳光自己的水流,不是一种独具的幸福吗?

与其让生命在重合中塌方,我们宁愿分立于距离的两端,让所有的时光都成为等待和渴望。

晨 风
——晨风文学社发刊词

晨风，微微。

一缕缕，一丝丝，轻柔，清新，摆动山野绿色的裙衫，吟奏云鸟悦耳的歌唱，从夜的温柔恬美中流来，去唤醒世界娴静沉迷的梦。

在广漠的旷野奔驰，向峻伟的山峰飘逸，跋涉过荒凉的戈壁，闯荡开滔滔的巨浪。黎明，伴着她奔涌的足迹长满每一寸夜的天空。

抚摸着厚实的沃土，拥抱着潺潺的溪流，轻吻着油油的碧草，摇曳着颀长的绿竹。她，赋美于一切，寄爱在自然。

夜的黑幕，碎裂于她的玉手纤纤；

浓郁的迷雾，溃散于她溢荡的浩气；

她唤醒朝阳，把万道金光吹出云端；

她沸腾了海洋，潮涨千里狂涛；

……

她的款款情深，让世界抖落了夜的虚幻的眷恋，走向太阳下又一次真挚的燃烧。

晨风，微微。

花开的声音

走向自己

很感谢上帝给了我男子汉的造型,却常又诅咒他的苛刻如此削瘦我的肩膀,令我搛着一个艰难而又沉重的人生在竖满荆棘的小路上趔趔趄趄。

下一个脚印还没成形,前一个脚印已没迹于莽莽风沙之中,为了一个凝固而永恒的足迹我悲哀而顽固地走着。

走出梦中蒙眬的花园,穿过爱情浪漫的小巷,我追求而困惑着:陶醉于春天的温柔,倾心于盛夏的狂热,陶然于落叶的壮美,熔融于雪花的纯洁。

每一个季节都是一份追求,每一个季节都是一份欠缺,那么完美呢?我完美而没有欠缺的季节呢?

上帝说:对一切不完美的爱,便是完美。

辑五　如歌的散板

如果再给我一个那样的眼眸

再一次凝视你的眼眸。

如旧的青葱里，透着清澈，透着芳香，透着睿智，透着成熟。

犹如那雨后的新月，更见光艳明洁；也如浓霜漂染的丹枫，越发的风华照人；亦恰如一窖埋了十八年的女儿红，酽熟得让人不饮自醉，自痴。

可我竟然恬不知足地还在你的眼眸里挖掘着、搜寻着——

初相遇时，那份梦幻，那份朦胧，那份羞怯。

那份，那份让我颤抖的心动。

那份，那份让我融化的美丽。

落花流水春去也！我知道，失去的永远都失去了。

如果时光倒流，如果再给我一个那样的眼眸。

我会毫不犹豫地挥霍尽我生命里所有的勇气、智慧和爱，来包装你的眼眸，让它成为我爱情的墙壁上最美的也是唯一的风景画。

花开的声音

还 爱

这是你的，还你！从此我们就回归原点。

说这话的时候，你平静如水，青葱的双眸不再闪动风情。

把我的爱还我！

挽不住你的决绝，我心犹未甘地祈求。

你有借爱给我吗？

对呀，我何曾借过呢？哪一瓣情不是我心甘情愿地付出呢？

你并不怜悯我的无语，就要轻盈地转身。

不！你就借啦！有诗为证：借得来生爱，尽卿一夕欢！

急红了眼的我不管不顾地强辩道。

那好像是你自己借自己的东西，与我无关！

我真的无语啦，只能任一种叫眼泪的河在我迷惘的心床流淌。

你可沿来路而去，飘洒如闲庭信步。

而我却无路可回。

从出发的那一刻起，我竟没给自己留下回路。

或许你真会弃我而去，而我只能傻傻地站在原地，傻傻地守望着你，并傻傻地告诉自己要写好爱的借据。

辑五　如歌的散板

失落的黄昏

黄昏寒寒怆怆。

橘子一般大小一般颜色的夕阳,斜斜地吊在远处冈峦那棵瘦高的树上,于冷冷的风中机灵灵地颤抖着淡淡的死亡的红色。几棵秃秃的树,和几点枯黄的残草,拼命晃晃荡荡,终于没有摇曳出弯弯拐拐的小径半寸迷人的风景。如他苦苦的觅求终于没有捡拾起那片失落的梦纸,终于没有一个倩影翩然而至,终于又一个黄昏凋谢于他黯淡的心空。

漠漠的、灰灰的天穹没有两只白色鸟走过的足迹,于是他开始冥思从前的黄昏……

从前的黄昏是这样吗?

从前的黄昏,飘洒如她的披发,温柔如她的偎依,丰盈如她的曼妙,热烈如她的秋波灼灼。两只白色鸟在如金的暮色中潇潇展翅,振碎绵延于林间的小径的幽静,划亮一方朦胧的爱的空间。涓涓的情语呢喃如点点浪花,跳溅于柔软的和风,渗透每一片青叶每一瓣花蕾……

黄昏如画。如她。

姗姗的月影终于没有闪进夕阳浓浓的思念,于是它敛起惨淡的光环失意地陨落于苍紫的远山。如那一只丧偶的白色

花开的声音

鸟,他在荒凉的小径上孤独地栖息。风涌而致的悲戚与思念如潮涨的夜色,蓬蓬勃勃淹没了林间最后一束光柱,埋葬他又一个寻寻觅觅的黄昏。

辑六

三言两行

花开的声音

新 年

一树花　褪尽旧貌
等待新颜的着色

冬 韵

大雪是一张厚厚的棉被
柔软地包裹种子们向春的梦

岁 月

一场没有结局的戏
你我上演各自的情节

辑六　三言两行

元旦（一）

来不及谢幕
还没写好的新剧本匆匆上演

元旦（二）

日子换了新袍　华美的憧憬里
一只旧虱子正在酣眠

种子（一）

种下你的秋波
用一生的长度呵护

花开的声音

种子（二）

黑暗埋我千百米
阳光仍能把我贯穿

种子（三）

任你濯妖清风
我自与污泥厮守一生

春雨（一）

不温不火
嗲得枝头的桃花欲语还羞

春雨（二）

冷春也好　暖春也罢
潜入泥土的心里　和种子们颠龙倒凤

春雨（三）

在一条悠长青石巷里　等你
不　等一把油纸伞　和伞下丁香一样的伊人

春雨（四）

天庭放飞的烟花
把人间绚丽成赤橙黄绿青蓝紫

春光
柳枝儿都已经抽芽了　燕子都已经筑窠了

花开的声音

我家那把闲了一冬的锄头　失眠了
咯吱咯吱　磨了一夜的牙

春　耕

（一）

鞭子高高扬起　再轻轻落下
二叔的犁铧
以皱纹的深度切入　料峭的春寒

（二）

蓑衣里裹紧的身子比去年更见单薄
牛拉着犁　犁扶着你
一寸　一寸地被风拽进更深处的板结

燕　子

衔着东风
把绿从南铺到北

辑六　三言两行

春笋（一）

向下　向下　再向下
根　掘泥的深度
决定我在天空里挺拔的高度

春笋（二）

空腹　让阳光注满
支撑我　凌云的气节

耕耘

汗水肥沃的泥
在铧尖上翻着欢快的浪

开的声音

立 夏

阳光主厨热腾腾的麻辣火锅宴
庄稼一边抹汗一边拔节

方 言

藏在舌底的故乡
醉意蒙眬时就蹦出来溜达

长 征

弓背　弓背　再弓背
脚到哪里　血种在哪里

韶 峰

峰　从不停歇飞向天空的翅膀
日出才是终极的海拔

中 秋

满月把鹊桥飞架
串起　故乡和天涯

秋 收

高粱烧红天空　稻穗染黄大地
累弯了腰的镰刀　手忙脚乱

花开的声音

暖 冬

张开双臂
为你挡住所有的西风

清 明

一年一度的对坐　我们运用冷雨交流
我汇报人间　你倾诉天堂

父 亲

身板在一亩三分地里一寸寸下沉
托起越来越有分量的家

辑六　三言两行

祖　国

每一个拂晓我引颈长鸣
缘于分娩时的一块胎记

版　画

蘸春雨为汁　阳光捉一把春风的刀
把大地刻得五颜六色

秋　分

昼夜被平分了　我却不准备平分寒暖
所有的暖　我悄悄叠进了你的行李

花开的声音

小　满

刚蓄上胡须的麦粒
在阳光的灌浆里疯长对镰姑娘的思念

洪　峰

分明是一群猫脸　此刻却老虎一般咆哮
水能载舟　更能覆舟

端　午

《离骚》沉进汨罗江底
扎成一个民族千万年的根

辑六　三言两行

感　恩

在空中奋力张开
为喂养我的土地撑起一片荫凉

河　流

（一）

大山放飞的一只风筝
海　是你奔跑的天空

（二）

入海的刹那　你泪流满面
每一滴咸苦　可是你对山的依恋

花开的声音

(三)

梦里　接到湘江的电话
唠唠叨叨的　和母亲一样

(四)

最黑的夜也不迷茫
大海　是你心跳的方向

雪

(一)

别　别用你的暖捂热我
梅花
懂我的冷若冰霜

(二)

化掉自己
也不被某一只手掌禁锢
大地　才是我的归属

风雨桥

挽起裤脚　静立流溪
百年的风雨　飘摇不了廊里拱起的彩虹

梯　田

逆水　盘旋而上
诠释生命的高度

谷　雨

稻种弓立在料峭的东风里
静候布谷鸟的枪鸣

中 秋

少小离家时偷偷把那轮满月藏进口袋
从此呀　所有的他乡都是故乡

后 记

一朵花开,就有一朵花谢。

已是中年深处,每每端详镜中的尘满面、鬓如霜,就依稀听到了花谢的嘀嗒声离我越来越近、越来越真切。习惯了挥霍光阴的我,焦虑恐惧日复一日地深厚。生命可能会在不测的某天某个路口某阵风雨里戛然而止,不让我在一路的红尘里留下一丝半点痕迹。

有没有一种永远的花开?

困惑的当口,我无意或天意中抓住了诗歌。

和诗歌的缘分,无疑是从踌躇满志的青春年少开始的。从唐诗宋词到徐志摩、艾青到舒婷、海子再到异域的拜伦、雪莱、普希金、泰戈尔,每一个名字都是滋润青春的养分。遗憾的是,在人生的一个十字路口,我和诗歌岔道了,并且渐行渐远,远成了山高水长。

直至2014年的春天,在长沙我的大学母校,相逢了十几位大学同窗。彼此见面时无邪而热烈的拥抱,筵席上无所顾忌的开怀,回忆往事时的纯真笑容,话别时的依依不舍,让我彻夜难眠,终于在拂晓时分掌灯一气呵成《我紧紧地抱住你》。

从此,被禁锢多时的诗意像打了鸡血,一发而不可收。近三年时间涂鸦了长短不一的作品二百余首,其中有四十来

花开的声音

首在各类纸媒发表。

时光不可逆,青春不可逆,那么,只有诗歌,只有在诗歌里,我才可以在时光的河里逆流,才可以重回青春的华彩多姿。

诗歌才是我不谢的花开呀!

有诗的日子,尘世里一草一木都是一种美好,甚至一株枯萎的残荷。

有诗的日子,多重的红尘都溅不起一滴浊浪;再轻的花蕊也可以扬起万丈豪情。

有诗的日子,我乐意以分秒做时间的计量单位,让每一分每一秒都幸福地徜徉在自己和大师们的诗里。

所有的真善美都来吧,你们主旨我所有的诗歌。

我不会丹青,可诗歌是我的画笔。没有印象派抽象的技法,我就画水墨山水,明白,也留白。我一直谨记肇庆诗歌前辈陈锦润先生的两句名言:一首诗读三遍还不明白,就扔掉它。读一遍就全明白了,那是散文,不是诗。

我的诗歌也许不擅长诸如隐喻、借代等技巧,但我从不简单重复别人的意境。

很多时候诗歌就是我的生活,我的生活有时就是诗歌。

诗歌的路途从来就不是一段孤独的旅程。陈惠芳老师、徐金丽老师、白炳安老师……他们都是风景,都是旗帜,都是参北斗的星星。至今还是神交的惠芳老师是我青少年时就矗立的偶像,我总想从他那里偷一两句乡土。我这本薄薄的集子里也不乏东施效颦的影子。徐金丽老师有和蔼朴实的外在,更有华丽深沉的诗风,一句"快速折旧的时光"惊艳了美女诗人郑小琼,那首悼母诗几乎掘尽了我的泪水。多年前有幸成为金丽老师的朋友,习诗以来更庆幸地拜到了这样一

后　记

位良师。当我有点忐忑地请金丽老师作序时,未曾料他竟欣然应允。出于对后辈末学的爱护,序言里免不了谬赞之词,但我深深体会到老师对我无尽的鞭策和期待。英子、若然、文成、月婷、秀波、金升、李解……这些谋面的或未谋面的,熟悉或陌生的朋友,一路上互相鼓励,互相搀扶,有雨的日子当然也会是晴天。

如果生命还在继续,诗歌仍是我不谢的花开。当然,"美妙的声音"是我永不懈怠的梦想。

务迅

2017年8月30日于端州